Voglio parlarti con il cuore.
Comincio da qui!

Veronica Raviotta

A mio padre

"Ti aspetto ancora per sentire la tua voce e ritrovare le tue mani che mi hanno insegnato la vita".

Pianeti in fiore nel mio Cuore

Voglio parlarti con il cuore

Voglio parlarti con il cuore

Voglio parlarti con il cuore
dirti quanto grandi sono le mie paure
quanto amore è nascosto nei miei silenzi
nelle mie frasi rimaste tra i denti.

Voglio parlarti con il cuore
E non usare le parole,
ma battiti (di meraviglia)
extrasistole (di gioia).

Voglio parlarti con il cuore,
lasciare andare (ogni timore)
ogni brivido che mi percorre.

Voglio parlarti con il cuore
facendo parecchio rumore
perché tu mi possa sentire e poi
lasciarti dormire,
perché tu mi possa
sognare.

Piangi

Piangi
Seduta in un angolo
non sai perché
ma piangi.

Le tue lacrime
sono calde,
sul tuo viso scendono
per dirti che sei viva.

Piangi
per ogni donna
che hai visto soffrire
per ogni donna
a cui è stato negato
l'Amore,
la gioia di un fiore,
un sorriso amico.

Piangi.
Non puoi far niente.
Le lacrime scendono.
Il cuore urla il suo dolore.

Pioggia

Scende la pioggia.
Incessante,
lenta,
mi bagna.
Immobile aspetto,
il suo abbraccio.
Mi inebria del suo profumo.
La sento scorrere
sul mio corpo
lo accarezza,
lo fa tremare.
Ogni brivido
mi fa sentire viva,
mi riempie di nuove sensazioni.
I miei pensieri ora
sono leggeri.

Io e Milano

In un giorno qualunque
attraversare la città
come si attraversa il mondo
lasciando pezzetti di anima
ad ogni incrocio,
ad ogni sguardo.
Persa tra la gente,
sola in questo spazio incerto.

Per non dimenticare

Se fossi consapevolezza,
inconsciamente sopita
sotto una coltre di pensieri
pesanti, cupi, profondi,
che celano misteriosamente l'amarezza
e il sapore vero della Vita,
sarei coscienza dell'odio
di un Mondo che lascio
straziato dal dolore dietro di me,
complice di delitti mai voluti
Io essere umano,
figlio di questa morte
Io stesso, vittima e carnefice di quell'animo,
che si nutre, come iena,
della sua stessa carne,
Io ho tradito la vita,
me misero, nell'odio per chi ha avuto
la sola colpa di esistere.
Mai più dovrò macchiarmi di tale infamia,
perché ODIO non sia MAI più parole
che sorga sulle mie labbra.
Per ieri, per oggi, per domani.

Anima, Cuore, Mente

L'Anima
Persa in un effimero pensiero
di farfalle cullate dal vento,
sogna certezze,
mendica carezze.

Il Cuore
Sospeso tra nuvole spesse,
giace, stanco di corse affannate,
anela riposo

La Mente
Attenta,
curiosa,
 mai si riposa
Su strade tortuose
trascina il suo Cuore
e l'Anima persa.

Milano

Bagnata dalla pioggia
Splendida nel tuo andare
e venire di gente
Patria di gente
senza patria
Custode di cuori in affitto
Tu splendi
anche sotto un cielo
grigio di nuvole
 di questo inverno
insolito.

Occhi curiosi

Come occhi curiosi
Le finestre illuminate nella notte,
sbirciano sulla strada,
guardando il mondo
da diverse prospettive.
Dentro case cuori si muovono,
vivono,
persi in affanni,
pieni di gioie,
di amori veri,
di tormenti,
di momenti senza tempo.
Dietro quei vetri quanti misteri.
Quanti pensieri.
Fanno rumore nella notte,
pare di sentirli in questo silenzio,
dove io ascolto parole non u udite.

Le (mie) mani

Soleva guardarsi le mani
quando aveva pensieri strani.
Fissava confusa le sue mani
che portavano segni di tutta
una Vita.
Le guardava e pensava che
né era valsa la pena.
Le aveva sempre poco amate quelle mani,
che poco sapevano
di Donna
mani rurali,
di poco conto,
ma che celavano ancora,
tra le dita,
carezze e amore
per la Vita
le fissava e pensava:
"questa sono io, solo questa".

I miei passi

I miei passi

I miei passi,
come sassi,
pesanti
in paesaggi irreali si perdono.
Cammino
Mi fermo
Compenso silenzi
Ho vuoti irrisolti,
delusa dai sogni,
contorni di colori surreali,
mi tengono in piedi.
Azzurri incolmabili,
mi attendono.
Mi fermo
Osservo
Resto così
Sospesa, nell'attesa del risveglio.

Tempo inverso

Tu hai permesso
che io lasciassi le mani
e il cuore sui fondali
dell'amore.
In quei mari si passioni
dove non ci sono naufraghi
ma solo dispersi.
Tu tempo inverso
che mi sbatti sugli scogli
di ricordi mai vissuti
e cospargi di salsedine
tutti i miei feriti minuti.
Hai lasciato che perdessi
la bussola e gli occhi
in quel mare mai solcato,
tra le onde e i suoi tsunami.
Ora raccogli e ricomponi
ciò che resta e mi riponi
tra la sabbia, granello tra i granelli,
senza porto ne ritorno.

Come un tram

Corre come un tram in una città deserta,
abbandonata,
dispersa e smemorata,
nel finire del giorno,
su ombre di luci flebili,
la vita
La vedi,
arriva e non si ferma,
non ha passeggeri,
solo posti vuoti.
Traspare il suo silenzio che stride.
Sfuggente,
insegue interminabili binari,
proiettati su domani distanti,
latenti.
Nessuna destinazione
Il respiro cade,
si arrende.
Corre veloce
come un tram
la vita.

Una donna

Sul tuo corpo la vita
traccia segni e apre serrature
per spazi di infinito
Tu
donna
sospesa sul portale del tempo,
immersa
in spazi che si colorano d'immenso
Sorreggi,
con mani aperte,
ogni peso
Sostieni ogni sentimento
Reprimi gioie e dolori per proseguire il tuo viaggio
al di là di ogni moto
che il tempo ti impone.
Sei autrice di scomposte pose
che disegnano e definiscono
il mondo che ti circonda,
per avere mani aperte ad accogliere.
Si nasconde in te mistero e sogno,
amore e rabbia.
Sai donarti totalmente a chi
sa leggere dentro
la tua anima.

Sospesa come la Luna: una Donna

Ubriacherò

Ubriacherò di stelle i miei occhi
per vedere solo scintille di infinito su di me,
per sentire addosso i brividi della vita,
per accendere i silenzi,
sopiti,
di sogni poggiati sui sospiri
annichiliti dal tempo.
Ubriacherò di stelle i miei occhi
Per vedere i voli leggeri della mia anima,
guarderò il cielo e ne berrò a sorsi lenti,
brevi,
per assaporarne ogni istante,
per lasciarmi volare su,
leggera
per vivere ancora
fuori da questo tempo
finalmente sobria.

Nel traffico

Costruisco visioni del mondo
non previste dal palinsesto della mia vita.
Inedite finestre su pensieri
affogati di speranza
e buone aspettative.
Infastidita dallo scorrere illogico dei giorni,
non riconosco il riposo
e mi perdo nella mia assenza dal quotidiano.
È uno scorrere frenetico,
il mio,
su queste strade piene di luci
e macchine in fila indiana,
verso differenti destinazioni,
indirizzi diversi.
Eppure ci accomuna il percorso.
Soli in queste scatole di latta,
riempite di suoni e parole.
Ti guardo.
Mi guardi
Ma non ci vediamo.
Scorriamo
in direzione opposta.

"…Un Cuore a metà…"

Ho Imparato

Ho imparato a camminare
cadendo,
A rialzarmi
inciampando
Ho imparato a sorride
Piangendo,
a capire
sbagliando
Ho imparato a sognare
illudendomi,
ad amare
annullandomi
Ho imparato
Vivendo.

Tu non lo sai

Tu non lo sai,
sono andata,
via,
via dal tuo cuore.
Non ho fatto le valigie
ho solo traslocato il cuore,
i sentimenti,
le gioie
e i dolori,
li ho portati altrove.
Ho cercato un'altra strada da percorrere
un altro cuore da abitare.
Un altro amore da sognare.

Se sapessi

Se sapessi tornare,
se sapessi amare,
se sapessi sognare,
mi troveresti ancora qui
ferma,
ad aspettare.

Sola,
con il sole che tramonta alle mie spalle,
pronta a correre ancora.
Se solo io sapessi tornare,
se solo io sapessi amare,
se solo io sapessi sognare.

Al vento

Al vento
ho affidato il mio sorriso

Al sole
la mia gioia

Alle nuvole
i miei timori

Alla terra
le mie certezze

Al cielo
il mio amore

Adesso posso correre

Non ho paura

Non ho paura di volare.

Non ho paura di cadere volando.

Ho paura di non rialzarmi
cadendo.

Perdonami

Perdonami,
per quando non ti ho detto
che ti amavo.

Perdonami,
per quando ti ho detto
che ti amavo.

Perdonami,
per quando non c'ero.

Perdonami,
per quando ti sono mancata,
per quando me ne sarò andata.

Perdonami.

Il mio tempo

Vorrei dirti
che il tempo sta passando,
ad una ad una le foglie
stanno cadendo,
appassendo,
senza fare rumore
in un dolce morire.
Vorrei dirti
Che nulla ha più un senso
se perdo i miei pensieri
in giorni cupi, neri
feriti sui sentimenti
spezzati dai miei pianti.
Dolce sarà lasciarmi andare
al mio appassire
come un fiore d'inverno.
Forse
Forse lascerò un po' di vuoto
tutt'intorno.

Sopruso

Sopruso di pensieri
che tolgono il respiro
e mi lasciano sconfitta.
Immobile,
attanagliata da un rimpianto
tangibile e incontenibile.
Smisurate circostanze
devastano corpo e anima.
Riprendere la strada maestra
non aiuta.
Le vie amene adesso
sono tortuosi sentieri.
Salite insostenibili.
Solitaria l'anima le percorre
Non c'è niente altro da fare.
Rimanere sulla strada maestra.

Maschera di me stessa

Scorgo solo inutili pensieri,
su pigri sentieri che intraprendo
piangendo,
sotto una pioggia incessante
dell'anima.
Nuda,
indifesa,
mi bagno
Resto lì
a lasciare che l'acqua porti via
un po' di quella malinconia,
figlia dell'impossibile,
figlia del non poter mai essere io,
ma maschera di me stessa.

Irraggiunto

Immutevoli distanze
affollano l'inconsistenza
dei ricordi sparpagliati
su questo asfalto lucido,
di pioggia incessante.

Io corro,
corro veloce nella notte
per mutare le distanze
ed arrivare ad uno zero costante.

Ma comunque tu rimani
Distante.

Sovrano e indiscusso vuoto

Incostante,
provo sentimenti costanti,
poggiano su bassi gradini di un cuore di marmo,
il mio,
nudo,
crudo,
duro,
nero come l'asfalto
su cui poggio piedi instabili.
Vertigini del senso.
Il mio sentire è spento.
L'inconscio ha svuotato l'anima
di ogni sentimento.
Adesso ho un cuore nudo.
Adesso ho un'anima nuda.
Percorro barcollando,
il mondo,
ubriaca del vuoto
sgomenta proseguo.
Non c'è tregua nel mio svuotarmi.
Persa ogni capacità di recupero,
ogni istinto di ripresa.
Sono un enorme macigno
e vado a fondo,
dentro il mare impetuoso
del mio non senso.
Logorata da lunghe e infruttuose ore di silenzi.
Inutile cercare,
frugare dentro:
il vuoto è la sola cosa che alberga qui,
sovrano e indiscusso.

Son parole d'amore

Anima dolce
Tormento d'amore
Giochi con il cuore
Dipingi ritratti di sogni infranti
E promesse mancate.
Note velate su parole stonate,
rincorrono un filo spezzato,
strappato dal vento.
Lacrime amare
sull'anima in tormento
Segnano il tempo.
Le lasci scivolare
e le tue mani sapienti
riversano versi
che toccano il cuore
Son parole d'amore

Il Cuore

Ho sostato

Ho sostato sui marciapiedi dell'anima
Inconsapevolmente.
Aspettavo
Ignara del mio vivere ho ripreso il cammino
al bivio ho perso la direzione.
Capovolta e incredula, ho vissuto,
come dentro ad una bolla,
attimi di consapevolezza
nel momento più caotico di me.
Ho gettato la maschera
nessuno sa più chi sono.
Tornerò in me, lo prometto
Tornerò.
Ma non adesso.

Valigie

Ho fatto le valigie al cuore.
Ho messo dentro un po' d'amore,
due sorrisi,
un raggio di sole.
Una coperta di ricordi
e due cuscini di dolcezza,
ricamati di nuvole e fiori.
Per poi non fargli mancare
un momento di rimpianto,
giusto due lacrime con essenza di speranza.
Parte domani.
Sarà una lunga assenza.
Spero di riuscire a farne senza,
e continuare a respirare,
aspettando il suo rientro
con pazienza.

Sono pace, sono guerra

Sono pace
e sono guerra
sono sale
su questa terra

Sono tempesta e mare calmo
sono uragano
in un rimpianto.
Ho mani grandi
per riparare
spalle possenti
dove appoggiare dolori distanti.

Sono sole
e sono pioggia
sono mille
e sono una,
sono io
sono nessuno.
Porta mai aperta
strada abbandonata.

Sono pace
e sono guerra
sono il mio tormento,
sono sgomento e smarrimento.
Sorriso,
in un lamento.
Nebbia fitta e cielo terso.
Sono solo un sogno perso.

Sono pace
e sono guerra
sono vento, il vento che ho dentro.

Domande

Cosa nego a me stessa
se non il distacco
da quello che sono
e quello che vorrei.
Se non il permesso
di essere felice
di poche parole
e di pochi gesti,
di infinite attese
e di sguardi.

Ecco cosa nego
a me stessa la coscienza di vivere
il momento.

"…Che ama, ama ancora…"

Madre

Madre,
ascoltami.
Lascia che il mio tempo
si posi sulle tue mani stanche,
che sfiori i tuoi bianchi capelli,
che ti baci le rosee gote.
Dolce,
soave,
Amore che mi generasti,
lascia che siano i miei passi a guidarti.

Nel vento

Nel vento che soffia
Ho urlato senza voce
Nel mio silenzio
Nel buio
Di una notte senza luna
Nel rumore sordo
del mio vivere
Ho urlato il tuo nome.

Vivere di un sogno

Nel fermo immagine del mio vivere,
ho raccolto il tuo sorriso.
Tra la spuma di un'onda e l'azzurro del mare,
ho visto i miei sogni,
 infrangersi sulle rocce,
lì dove il mare trova rifugio,
lì dove l'acqua limpida
riposa irrequieta,
piena di colori del cielo e del sole,
lì dove vorrei perdermi
e vivere di un sogno.

Amore

Piccole dolci emozioni.
Vibrazioni
La tua voce

Tenere promesse
Sogni proibiti
Incanto
I tuoi occhi

Dolcezza
Meraviglia
Soave tentazione
Le tue labbra

Morbide carezze
Abbracci infiniti
Rifugio inaspettato
Le tue braccia

Buffa

Buffa
Lenta
Mi incammino
nella notte
Inciampo e cado
nei tuoi sogni
Afferrami!

Perderti

Inebriata dai tuoi gesti,
dalle tue parole,
il mio corpo è nudo
senza le tue mani.

Privo di forma,
rimane sopito
nel desiderio dei tuoi baci,
ormai perduti.

Smarrita
 cerco profumi
di quegli attimi fugaci
in cui i desideri si sciolgono
 in promesse impossibili
da mantenere.

Sola
Confusa
mi perdo per perderti.

Coprimi

Coprimi,
come fai sempre
con tutto il tuo volermi bene.

Coprimi,
quando avrò paura,
quando sarò triste,
quando mi mancherai,
quando perderò la pazienza,
la strada,
la ragione,
la fame
e la sete.

Coprimi,
con le tue braccia,
con tutto il tuo volermi bene
nonostante me.

Spigoli noi

È un amore strano
il mio,
il tuo,
fatto di scale,
di anni,
giorni,
stagioni.

Di incontri,
scontri e risate,
di tempi morti,
di incognite,
di progetti
e di sogni.

Non è l'amore dei poeti.
È l'amore del vivere.

Orfana

Orfana dei tuoi sorrisi,
percorro la notte
sola e malinconica
in cerca di un barlume di Luna
che illumini i miei passi.

Aspetto l'alba alla finestra
con la speranza che la sua luce
porti con sé qualcosa di te.

Del giorno tengo il suo rumore
per non sentire più il cuore
che chiede di te.

Ma la sera ritorna
e i tuoi sorrisi sono ormai lontani.

Dolci adii

Ho un silenzio
ricamato a punti piccoli sull'anima.

Un ricamo delicato
a te dedicato.

Tu,
che con il tuo sorriso
hai acceso l'immenso
dentro me
e con un saluto frettoloso,
hai richiuso il mondo
dietro te.

Conservo con cura
quel ricamo
io, adesso lo chiamo
"ti amo".

Pensiero cocente

Singhiozzo intermittente,
sottinteso
tu scivoli e mi attraversi.
Indiscreto
Invadente
Pensiero cocente.

Mi sgomenti.

Io, un animo ribelle,
prigioniero di convenzioni,
in riserva di emozioni ora lontane,
abbandono il mio corpo,
ormai involucro dolente di mille rimpianti,
mi spengo e mi ripiego
 in un vivendo appiattito.

Cercarti

Ho mani calme nel cercarti
ti raccolgo piano
ti lasci portar via
ti abbandoni a me
fragile e forte come sei.

Fuori dal tempo noi restiamo noi,
solo per quell'istante,
dove siamo scintille
troppo in fretta spente.

Ho un sogno

Ho un sogno usato
da sognare sotto un cielo di stelle
spiato da uno spicchio di luna
e spinto dalla brezza del mare.

Un sogno usato,
ma ancora in buono stato,
di quelli da non buttare mai,
né riciclare,
ma da tenere stretto a sé.

È il mio sogno di te.

Sorprendimi

Sorprendimi ogni giorno,
stupisci i miei pensieri,
esalta i miei sensi.

Sconvolgi la mia vita,
solleva la mia anima.

Spaventa le mie paure,
falle sparire.

Riconcilia il mio cuore all'Amore.

Scorri

Evanescente lungo la mia schiena,
scivoli,
sinuoso e avvolgente
mi copri e mi scopri di baci,
per non farmi mancare l'aria.
Sospingi i miei istinti a brividi
di emozioni purissime,
dolcissime.

Non fermarti lì
conquista la mia anima,
falla volare
 tra le sottili sostanze
dei brividi che ti attraversano.

Plasmami
con la tua essenza.

Tu vivimi

Tu vivimi ti prego
Vivimi!
Non lasciare che il vento gelido
arrivi alle mie spalle
senza che il tuo abbraccio
mi abbia mai scaldato e nutrito
d'amore.

Impronte

Ho lasciato impronte al mio fuggire.

Macchie di me
su un foglio bianco.

Quasi la mia totale essenza
di colore.

L'ho fatto andando via da te
di fretta
perché non volevo
amare
senza amore.

Scomponimi

Scomponimi

Scomponimi
in piccoli pezzi,
mischiali
soffiali via, verso il mare
falli volare
che si riempiano di blu,
 di cielo, di mare, di sale.
Sparpagliali sulla sabbia.

Sminuzzami.
Rendimi inconsistente,
che possa sentirmi vento.
Che possa essere rugiada ed evaporare
al calore del sole.

Frantumami,
non lasciare questo macigno,
non voglio avere peso.
Usa l'amore,
usa il cuore.
Non lasciare che io diventi roccia,
pietra senza vita,
smussata dalla marea,
resa arida dalla siccità,
come deserto,
dove non nascerà mai un'oasi.

Cercami

Cercami,
nei volti,
nei sorrisi della gente che
distrattamente per strada incontrerai.
Cercami,
nel crepitio delle foglie
che il temporale ha lasciato venir giù.
Cercami,
nel caffè che sorseggi ogni mattina,
nello specchio,
mentre intravedi quella ruga che ieri non c'era.
Cercami,
in ogni ora che passa
quando percorri la tua giornata.
Cercami,
sulle tue mani,
sui gomiti,
sulle ginocchia,
tra i capelli,
mentre corri,
ridi,
canti,
cercami.
Ti prego cercami,
non stancarti.
Cercami,
altrove,
in quel viaggio che non hai mai fatto,
tra le pieghe del tuo cuscino,
sul volto di un bambino.
Cercami,
in una lacrima che piove dal cielo,
in un sentiero,
ai bordi della vita,
in una salita.

Cercami, non fermarti,
tra le righe di una poesia,
in un crocevia,
in città.
Cercami ancora,
tra le dita quando la giornata è finita e io non ci sarò.
Cercami,
nella tua vita.
Tu cercami,
io ti troverò.

…Cammino ti aspetto…

Cammino e aspetto
che la tua mano raggiunga
la mia,
che il tuo passo si allinei
al mio,
e risuoni con il mio
su questa strada bagnata
in quest'aria che sa di
pulito e di nuovi sogni.

Aspetto che tu mi raggiunga
e sorridendo mi abbracci
e mi sorprenda
con le tue labbra
serrate
sulle mie
per farmi respirare di te.

Io cammino,
ti aspetto
mi raggiungerai.

Sassi

Come fossero sassi,
disordinate lettere rotolano
lungo fiumi in piena,
di pensieri irreali,
che tessono spesse ragnatele
negli anfratti della mia esistenza
disordinata e caotica.

Mi armo di carta e penna
e le lascio fluire attraverso l'inchiostro
 su questo foglio bianco,
assetato di pensieri.
Nascono così,
qualche volta,
storie di me,
che non so di sapere,
ed ecco si materializzano!
Magia delle emozioni assorbite.

Voglio parlarti con il Cuore…

…un Cuore a metà…

…che ama, ama ancora.

Ringraziamenti

Un doveroso ringraziamento va alla mia Casa Editrice che ha permesso che si realizzasse uno dei miei sogni nel cassetto e ancor più alla carissima Aureliana di Libri dal Cuore che ha creduto in me dal primo momento che mi ha conosciuta.

Indice

Voglio parlarti con il cuore   p. 4
Voglio parlarti con il cuore   p. 5
Piangi   p. 6
Pioggia   p. 7
Io e Milano   p. 8
Per non dimenticare   p. 9
Anime, Cuore, Mente   p. 10
Milano   p. 11
Occhi curiosi   p. 12
Le (mie mani)   p. 13
I miei passi   p. 15
Tempo inverso   p. 16
Come un tram   p. 17
Una donna   p. 18
Ubriacherò   p. 20
Nel traffico   p. 21
"…un Cuore a metà…"   p. 22
Ho imparato   p. 23
Tu non lo sai   p. 24
Se sapessi   p. 25
Al vento   p. 26
Non ho paura   p. 27
Perdonami   p. 28
Il mio tempo   p. 29
Sopruso   p. 30
Maschera di me stessa   p. 31
Irraggiunto   p. 32
Sovrano e indiscusso vuoto   p. 33
Son parole d'amore   p. 34
Ho sostato   p. 36
Valigie   p. 37
Son pace, son guerra   p. 38
Domande   p. 39
"…Che ama, ama ancora…"   p. 40

Madre   p. 41
Nel vento   p. 42
Vivere di un sogno   p. 43
Amore   p. 44
Buffa   p. 45
Perderti   p. 46
Coprimi   p. 47
Spigoli noi   p. 48
Orfana   p. 49
Dolci addii   p. 50
Pensiero cocente   p. 51
Cercarti   p. 52
Ho un sogno   p. 53
Sorprendimi   p. 54
Scorri   p. 55
Tu vivimi   p. 56
Impronte   p. 57
Scomponimi   p. 59
Cercami   p. 60
…Cammino, ti aspetto…   p. 62
Sassi   p. 63
Ringraziamenti   p. 65

Biografia

Veronica Raviotta nasce a Contessa Entellina (PA), il 25 giugno del 1968, piccolo paese della Sicilia occidentale.

Lombarda di adozione ama le sue origini di isolana e la terra lombarda che l'ha accolta 34 anni fa, dove lavora e vive.

Disegnatore/progettista, ama il suo lavoro e lascia che le emozioni che la attraversano fluiscano sulla carta attraverso il disegno artistico e la poesia.

www.shopwriterseditor.it
direzionewriterseditor@gmail.com

Printed by Amazon Italia Logistica S.r.l.
Torrazza Piemonte (TO), Italy

54280412R00047